Mirrors

Theaterstück

— ein bürgerliches Trauerspiel in 2 Akten —

Žan Mokran

Edition

andras
andromeda dream association

F F M

Impressum

Bibliografische Information der Deutschen Nationalbibliothek:
Die Deutsche Nationalbibliothek verzeichnet diese Publikation in der Deutschen Nationalbibliografie; detaillierte bibliografische Daten sind im Internet über http://dnb.dnb.de abrufbar.

© 2024 Žan Mokran

Lektorat: Tanja Schard

Verlag: BoD • Books on Demand GmbH, In de Tarpen 42, 22848 Norderstedt
Druck: Libri Plureos GmbH, Friedensallee 273, 22763 Hamburg

ISBN: **978-3-7583-5081-8**

Widmung:

Dieses Theaterstück ist bereits seit 1996 in meinem Kopf. Das Grundkonzept zumindest. Ich habe es oft begonnen, verworfen, gewartet, neu geschrieben. Es wollte sich nicht recht zeigen. Aber nun, nach fast dreissig Jahren, wollte es heraus. Und es ist alles hineingeflossen, was sich in dieser Zeit an bescheidener Lebenserfahrung und beobachteter Erkenntnis angesammelt hat. Sicherlich keine leichte Kost, vielleicht sogar eine Zumutung für die Zuschauer. Aber anders, ließ sich die Sache nicht machen. Gewidmet ist es allen liebenden Streitenden und allen streitenden Liebenden.

Žan Mokran, Frankfurt am Main 2024

♀ - 1 - ♂

♀ - 2 - ♂

Inhaltsverzeichnis

Liste der Akteure

1. **Penelope:** die Ehefrau
2. **Ares**: der Ehemann
3. **Sein bester Freund** : konnte Penelope noch nie leiden, ist eifersüchtig, daß Ares nicht mehr soviel Zeit mit ihm verbringt
4. **Ihre beste Freundin**: stand Ares immer skeptisch gegenüber, möchte ihrer Freundin Penelope beistehen
5. **Der Schlichter**: versteht die Situation, sieht aber keinen Grund, dass die beiden sich deswegen so streiten
6. **Die Harmonische**: Freundin vom Schlichter, liebt Harmonie, findet die Auseinandersetzung verstörend
7. Ihr **Vater**: mag den Schwiegersohn nicht
8. Seine **Mutter**: mag die Schwiegertochter nicht

♀ - 5 - ♂

♀ - 6 - ♂

Akt 1

♀ - 7 - ♂

(Bühne wird langsam hochgedimmt; in der Mitte ein Bett, in dem ein Paar händchenhaltend schläft; hinten 2 Türen (oder links und rechts); hinten, links und rechts ordentlich gestapelte Quader/Würfel; das Gedicht am Anfang sprechen sie schlafend)

Ares:

Ein neuer Tag beginnt.
Ich frage mich, wer heut´ gewinnt?

Penelope:

Wer heut gewinnt, das ist es, was dich treibt ?
Das ist es, was uns beiden bleibt ?

Beide:

Ach, wie doch Liebe, Lust und Umgang
Sich wandelt in den Jahren.
Im Kampf der Eitelkeiten,
Bei ach, noch so sehr verliebten Paaren.
Beziehung ist kein Krieg,
Den Partner zu besiegen, ist kein Sieg.

(sie wachen beide allmählich mit sichtbaren typischen morgendlichen Gesten auf)

Penelope *(flüstert, während sie sanft Ares' Wange berührt):* Siehst du das erste Licht, das durch unsere Vorhänge dringt? Es ist wie eine sanfte Begrüssung von einem neuen Tag.

Ares *(lächelt, öffnet langsam die Augen)*: Ja, es ist wie eine leise Einladung, die Welt wieder zu betreten. Aber ich wünschte, ich könnte die Zeit anhalten, hier in diesem Moment mit dir.

Penelope *(sinnierend)*: Zeit... sie ist wie Wasser in unseren Händen, nicht wahr? Je fester wir sie zu halten versuchen, desto schneller scheint sie zu entschwinden

Ares: Eine interessante Metapher. Aber ist es nicht eher so, dass wir das Wasser sind und die Zeit der Fluss ist, der uns mit sich reißt?

Penelope *(zieht die Stirn in Falten)*: Manchmal frage ich mich, ob wir nicht gegen den Strom schwimmen sollten. Stell dir vor, wir könnten zurück zum Ursprung, zu einem Punkt, an dem alles noch möglich war.

Ares *(ironisch):* Zurück? Und alle Fehler wiederholen? Ich glaube, ich ziehe es vor, mich vom Strom tragen zu lassen. Fehler sind doch auch nur... Wegweiser, oder?

Penelope *(leicht gereizt):* Wegweiser, die manchmal in die Irre führen. Nicht alle Straßen sollten begangen werden.

Ares *(leicht herausfordernd):* Aber wer bestimmt das? Wer entscheidet, welcher Weg der richtige ist? Manchmal denke ich, wir sind nur Figuren auf einem Schachbrett, bewegt von unsichtbaren Händen.

Penelope *(blickt nachdenklich)*: Schachfiguren... Ich frage mich, welche Rolle wir dann spielen. Bist du der König und ich die Königin? Oder sind wir nur Bauern in einem größeren Spiel?

Ares:
Vielleicht sind wir beides, je nach Tag. Aber heute, fühle ich mich nicht wie ein König. Eher wie ein Turm, fest an einem Ort, unfähig sich von der Linie zu bewegen.

Penelope *(seufzt tief)*: Ich fühle mich oft wie ein Springer, gezwungen, Sprünge zu machen, die keinen Sinn ergeben, nur um...

Ares *(unterbricht sie)*: Um was? Um im Spiel zu bleiben?

Penelope *(scharf)*: Ja, genau, um im Spiel zu bleiben! Und manchmal, Ares, manchmal wünschte ich, wir könnten das Spiel einfach neu starten.

Ares *(blickt Penelope direkt an)*: Ein Neustart... Du meinst, von vorn beginnen? Alles zurücksetzen?

Penelope *(nickt langsam, nachdenklich)*: Ja, alles zurücksetzen. Vielleicht könnten wir dann die Fehler vermeiden, die uns hierher gebracht haben.

Ares *(leise, fast traurig):* Und was, wenn der gleiche Fluss uns wieder an denselben Punkt führt, Penelope?

Penelope *(mit einem schwachen Lächeln):* Dann bauen wir eine Brücke, Ares. Diesmal zusammen.

Ares *(schaut zur Decke, denkt nach):* Eine Brücke, hm? Ich frage mich manchmal, ob Brücken nur dazu da sind, uns über gefährliche Gewässer zu tragen oder ob sie uns auch erlauben, einfach zu fliehen.

Penelope *(etwas angespannt):*
Fliehen? Ist es das, was du willst,
Ares? Fliehen vor dem, was
schwierig ist?

Ares *(schüttelt den Kopf):* Nicht
fliehen, Penelope. Manchmal nur...
eine Pause machen. Atmen.

Penelope *(erwidert scharf)*: Aber
man kann nicht ewig pausieren,
Ares. Probleme verschwinden nicht
einfach, weil man sie ignoriert. Sie
wachsen, werden größer, bauen
Mauern zwischen uns.

Ares *(leicht gereizt)*: Mauern? Ist es das, was du siehst, wenn du mich ansiehst? Eine Mauer?

Penelope *(mit Nachdruck)*: Manchmal ja. Es fühlt sich an, als ob jede zurückgehaltene Wahrheit, jedes ungelöste Problem ein weiterer Stein in dieser Mauer ist.

Ares *(steht auf, beginnt nervös zu laufen)*: Vielleicht brauchen wir diese Mauer. Vielleicht gibt sie uns den Raum, den wir brauchen, um zu verstehen, was wir wirklich wollen.

Penelope *(folgt ihm mit den Augen, ihre Stimme wird lauter)*: Raum? Oder eine Festung, Ares? Schützen wir uns oder sperren wir uns ein?

Ares *(hält inne, sieht Penelope direkt an):* Und was, wenn ich sage, dass ich manchmal Schutz brauche? Dass ich manchmal nicht weiß, wie ich ohne diese Mauer sicher sein kann?

Penelope *(stirnrunzelnd)*: Sicher vor was, Ares? Vor mir? Vor uns?

Ares *(mehr zu sich selbst als zu Penelope)*: Vielleicht vor dem, was ich fühle. Vor dem, was ich nicht kontrollieren kann.

Penelope *(tritt näher, ihre Stimme weicher):* Ares, wir können nicht in Angst leben, hinter Mauern, die wir selbst errichten. Wir müssen uns diesen Ängsten stellen, gemeinsam.

Ares *(schaut weg, flüstert):* Aber was, wenn das, was dahinter liegt, schlimmer ist als die Mauer selbst?

Penelope *(fasst seine Hand):* Dann ist es das wert, Ares. Denn auf der anderen Seite könnten wir frei sein. Ohne Mauern, ohne Ängste. Nur wir.

Ares *(zieht seine Hand zurück, tonlos):* Freiheit... manchmal fühlt sich das genauso einschüchternd an wie das Gefängnis unserer Seele, das wir Mauern nennen.

Penelope *(sichtlich frustriert, die Stimme hebt sich):* Dann frage ich mich, Ares, ob du jemals bereit sein wirst, diese Mauern niederzureißen. Oder ob sie immer zwischen uns stehen werden.

Ares *(ernst, fast resigniert):* Vielleicht sind sie bereits zu hoch, Penelope. Vielleicht ist es zu spät.

Penelope *(mit einem letzten Versuch, die Spannung zu durchbrechen)*: Es ist nie zu spät, Ares. Es sei denn, wir entscheiden, dass es so sein soll.

Ares *(schaut ihr tief in die Augen, entschlossen):* Dann lass es uns entscheiden, Penelope. Heute. Hier.

(Das Bett wird beiseite geschoben. Die Bühne ist nun offen und leer, bis auf einen Haufen von Quadern an einer Seite. Lichter simulieren das Fortschreiten des Tages, die Schatten werden länger und das Licht kühler, was die wachsende Spannung unterstreicht)

Penelope *(nimmt einen Quader und stellt ihn entschieden auf den Boden):* Also gut, Ares, lass uns entscheiden. Aber ich will, dass du weißt, dass jedes Mal, wenn wir ein Problem ignorieren, es hier einen Stein gibt. *(Sie deutet auf den Quader)*

Ares *(nimmt einen anderen Quader und setzt ihn neben ihren):* Und ich setze einen Stein für jedes Mal,

wenn du denkst, dass Drängen und Druck alles lösen.
(Er blickt sie herausfordernd an)

Penelope *(setzt einen weiteren Stein darauf, ihre Stimme wird schärfer):*
Hier, für jedes Mal, wenn du dich zurückziehst, wenn es schwer wird!

Ares *(fügt einen weiteren hinzu, seine Stimme ebenfalls erhoben):*
Und hier einen für jede deiner Überreaktionen, die Dinge schlimmer machen, als sie sind!

(Während sie sprechen, bauen sie die Mauer höher. Jeder Stein wird mit Vorwürfen und gegenseitigen Beschuldigungen gelegt. Das Publikum sieht, wie schnell die Mauer wächst, was die Zunahme ihres Konflikts symbolisiert)

Penelope *(greift nach einem größeren Quader, schwer atmend):* Dieser ist für das Schweigen, das du mir als Antwort gibst, jedes Mal, wenn ich versuche, zu dir durchzudringen!

Ares *(setzt zwei kleinere Steine auf einmal):* Und diese sind für die vielen Male, wenn deine Worte schärfer waren als Messer, die bei mir Wunden hinterlassen, die nicht so schnell heilen! Falls sie jemals heilen werden!

Penelope *(nimmt einen weiteren Stein, Tränen der Frustration in den Augen)*: Hier, Ares, für das Fehlen der Unterstützung, die ich so dringend von dir gebraucht hätte! In so vielen Situationen.

Ares *(wirft einen Quader eher hin als ihn zu setzen):* Und das hier für die ständigen Erwartungen, Penelope! Erwartungen, die ich nie erfüllen kann, weil sie immer weiter wachsen und du immer neue an mich hast!

(Die Mauer zwischen ihnen ist nun hüfthoch. Sie stehen sich gegenüber, jeder auf seiner Seite der Mauer. Ihre Bewegungen sind weniger heftig, aber ihre Stimmen sind immer noch geladen)

Penelope *(blickt über die Mauer, ihre Stimme bricht, als ob sie aus einem Rausch erwacht):* Sieh uns an, Ares. Was tun wir hier?

Ares *(schaut sie müde an, der Ärger lässt nach):* Ich weiß es nicht, Penelope. Ich weiß es wirklich nicht.

Penelope *(senkt den Kopf, spricht leise):* Kann es sein, dass wir beide zu stolz sind, um zuerst nachzugeben? Dass dieser Stolz uns hierher gebracht hat?

Ares *(leise, ein Zugeständnis machend):* Vielleicht. Vielleicht sind es nicht nur die Steine, die wir gelegt haben. Vielleicht sind wir es selbst, die nicht lernen wollen, über diese Mauer hinwegzusehen.

(Ein Moment der Stille tritt ein. Sie blicken sich über die Mauer hinweg an, jeder auf seiner Seite gefangen. Das Licht auf der Bühne wird dunkler, die Schatten länger. Die Mauer steht nun fest zwischen ihnen, ein stummer Zeuge ihres Streits und ihrer Entfremdung)

Penelope *(während sie einen weiteren Stein auf die Mauer legt, spricht mehr zu sich selbst als zu Ares):* Weißt du, ich habe immer geglaubt, dass Liebe stark genug ist, um jede Herausforderung zu überwinden. Dass sie uns zusammenhalten würde, egal was kommt. Aber hier stehen wir jetzt, jeder auf seiner Seite dieser... dieser Mauer aus Vorwürfen und endlosen

Streitigkeiten. Aus falschen Erwartungen und Hoffnungen. Aus Selbstschutz und Angst.

(Sie macht eine Pause, ihre Stimme wird sanfter, aber traurig)

Ich frage mich, Ares, wann haben wir aufgehört für uns zu kämpfen und angefangen gegen uns zu kämpfen? Es ist, als ob jedes harte Wort, das wir aussprechen, und jede Stille, die wir zwischen uns lassen, nur dazu dient, diese Mauer höher und dicker zu machen. Ich sehne mich nach den Tagen, als unsere größte Sorge war, welchen Film wir anschauen oder was wir zum Abendessen machen. Jetzt scheint es, als ob jede Entscheidung, jede Handlung, ein

Minenfeld ist, auf dem wir beide tanzen, ängstlich, den nächsten Schritt zu tun, aus Angst, alles könnte explodieren.

(Sie sieht Ares direkt an)

Ich vermisse dich, auch wenn du direkt vor mir stehst.

Ares *(setzt einen weiteren Quader auf die Mauer, sein Blick ist nachdenklich und müde):* Penelope, ich habe oft gedacht, dass diese Mauer vielleicht unsere einzige Möglichkeit ist, uns selbst zu schützen. Zu schützen vor den Enttäuschungen und Verletzungen, die wir uns gegenseitig zugefügt haben.

(Er seufzt schwer)

Jedes Mal, wenn wir streiten, fühle ich, wie ich ein Stück weiter von dir wegdrifte, als ob eine unsichtbare Kraft uns auseinanderzieht. Ich weiß, ich sollte kämpfen, kämpfen, um diese Kluft zu überbrücken, aber...

(Seine Stimme bricht ab, er kämpft mit den Worten)

... manchmal fühle ich mich machtlos. Machtlos, weil ich nicht weiß, wie ich die Worte finden soll, die alles heilen könnten. Wie kann ich die richtigen Worte finden, wenn ich selbst so verloren bin?
(Er blickt auf die Mauer zwischen ihnen)

Diese Mauer ist mächtiger, als sie scheint. Und ich weiß nicht, ob ich stark genug bin, sie einzureißen.

(Die Atmosphäre ist geladen, die Spannung greifbar. Die Lichter auf der Bühne dimmen sich weiter, was

die zunehmende Düsternis ihrer Beziehung symbolisiert)

Penelope *(ihr Ton wird schärfer, während sie einen Stein hart auf einen anderen knallt):* Weißt du, was wirklich schmerzt, Ares? Dass du nie wirklich zuhörst. Es ist, als ob meine Worte nur beliebige Schallwellen in diesem Raum sind. Als ob eine Tür irgendwo knarrt, oder ein Vogel irgendwo zwitschert. Man hört es, und hört es doch nicht.

Ares *(aggressiv, nimmt zwei Steine und platziert sie fest auf die Mauer):* Und du? Du hörst nur das, was du hören willst, Penelope! Wo warst du, als ich gesprochen habe? Wo warst du, als ich meine Ängste geteilt habe?

Penelope *(lauter, fast schreiend, wirft einen Stein auf die Mauer):* Deine Ängste? Deine Ängste sind immer im Vordergrund! Was ist mit meinen Ängsten, meinen Träumen? Sie scheinen dir völlig egal zu sein!

Ares *(zynisch, wirft ebenfalls einen Stein auf die Mauer):* Träume? Kannst du nicht sehen, dass wir in einem Albtraum gefangen sind, den wir selbst geschaffen haben? Du träumst von einer perfekten Welt, Penelope, einer Welt, die es nicht gibt!

Penelope *(ihr Ton wird verzweifelt, während sie die Hände in die Luft wirft):* Vielleicht, Ares, weil du nie versucht hast, sie mit mir zu bauen! Du hast aufgegeben, bevor wir überhaupt angefangen haben!

Ares *(schreit zurück, seine Stimme bricht fast):* Aufgegeben? Ich habe alles gegeben, was ich hatte, Penelope! Und es war nie genug für dich, nie!

Penelope *(unter Tränen, nimmt einen weiteren Stein und platziert ihn wütend):* Dann sag mir, Ares, was ist genug? Was muss ich tun, damit du siehst, was das hier, was wir hier tun, mit uns macht?

Ares *(laut und bitter, während er einen weiteren Stein hinzufügt):* Vielleicht gibt es nichts mehr zu tun! Vielleicht sollten wir einfach akzeptieren, dass das, was zwischen uns steht, zu groß und zu zerstörerisch geworden ist!

Penelope *(nimmt zwei Steine auf einmal, ihre Stimme zittert vor Wut):* Dann füge ich diese Steine hinzu, für jede Lüge, die du mir erzählt hast, für jedes Versprechen, das du gebrochen hast!

Ares *(wirft einen großen Stein auf die Mauer, der laut aufschlägt):* Und hier, Penelope, für jedes Mal, dass du mich verletzt hast, ohne es zu

merken! Für jedes Mal, dass deine
Worte wie Messer waren!

Penelope *(schreit jetzt, Tränen
überströmen ihr Gesicht, während sie
einen weiteren Stein platziert):*
Dann lass es uns beenden, Ares!
Lass uns diese Mauer so hoch
bauen, dass wir uns nicht mehr
sehen, nicht mehr hören können!

Ares *(nimmt einen Stein und legt ihn
schwer auf die Mauer, leise und
resigniert):* Vielleicht ist das die
einzige Lösung, Penelope. Vielleicht
ist das der einzige Weg, wie wir
beide Frieden finden können.

(Die Mauer zwischen ihnen ist nun fast mannshoch, ein Ausdruck ihrer Entfremdung und ihrer zerbrochenen Beziehung. Ares' bester Freund, betritt die Bühne von Ares' Seite. Er sieht die hohe Mauer und wirft einen kritischen, fast spöttischen Blick darauf)

Sein bester Freund *(legt seinen Arm um Ares, schaut über die Mauer):* Das sieht ja wild aus hier. Ich hab dir immer gesagt, sie ist nicht die Richtige für dich. Siehst du jetzt, was ich meinte?

Ares *(seufzt, schaut müde):*
Ich weiß nicht. Es ist alles so kompliziert. Ich liebe sie, aber irgendwie… irgendwie ist alles aus dem Ruder gelaufen.

Sein bester Freund *(nimmt einen Stein und fügt ihn zur Mauer hinzu):*
Manchmal, mein Freund, ist Liebe nicht genug. Du brauchst jemanden, der dich wirklich versteht. Jemanden, der nicht ständig Konflikte schafft.

Ares *(nickt langsam, zweifelnd):*
Vielleicht hast du Recht. Vielleicht war alles ein Fehler.

(Auf der anderen Seite der Mauer ist Penelopes beste Freundin, Ihre beste Freundin, zu sehen. Sie kommt zu Penelope und umarmt sie tröstend)

Ihre beste Freundin *(mit einem giftigen Unterton, während sie einen Stein aufgreift):* Ich habe dir doch gesagt, dass er nicht auf dich achtet, Penelope. Du verdienst so viel mehr als das, was er dir gibt.

Penelope *(wirft einen traurigen Blick auf die Mauer):* Ich weiß, aber es ist nicht so einfach. Ich liebe ihn, auch wenn es weh tut.

Ihre beste Freundin *(setzt einen Stein aggressiv auf einen anderen):* Liebe sollte nicht weh tun, Süße. Du verschwendest deine Zeit mit einem Mann, der dich nicht schätzt. Du brauchst jemanden, der deine Bedürfnisse erkennt und sich nicht hinter einer Mauer versteckt.

Penelope *(schaut nachdenklich, ihre Entschlossenheit wächst):* Vielleicht hast du Recht. Vielleicht sollte ich aufhören, für etwas zu kämpfen, das nicht zu retten ist.

(Sein bester Freund und Ihre beste Freundin stehen nun beidseitig der Mauer, jeder mit einem Stein in der Hand. Sie blicken sich kurz an, ihre Blicke voller Misstrauen und Ablehnung, agieren fast synchron; ein Spiegelbild der Trennung, die sie zwischen Penelope und Ares fördern)

Sein bester Freund *(zu Ares, deutet auf ihre beste Freundin):* Siehst du, was ich meine? Ihre Freunde sind nicht unsere Freunde.
Ihre Freude ist nicht unsere Freude. Sie ziehen dich nur runter.

Ihre beste Freundin *(spöttisch über seinen besten Freund):* Und er? Er wird nie zulassen, dass ihr glücklich seid. Er hat Ares immer von dir weggezogen.

(Während sein bester Freund und ihre beste Freundin sprechen, bauen Penelope und Ares, beeinflusst von den Worten ihrer Freunde, weiter an der Mauer, fast automatisch, ohne sich direkt anzusehen.)

Sein bester Freund (*zu Ares, deutet auf die stetig wachsende Mauer):* Schau, du musst für dein eigenes Glück kämpfen. Diese ewigen Kämpfe, die ständigen Vorwürfe… ist das wirklich das Leben, das du führen willst?

Ares *(blickt unsicher auf die Mauer, dann zu seinem besten Freund):* Ich weiß, dass es hart ist, mein Freund, aber es gibt auch gute Zeiten... die kann ich nicht einfach vergessen.

Sein bester Freund *(schüttelt den Kopf, greift einen weiteren Stein):* Gute Zeiten? Die werden von den schlechten überschattet, Mann. Du verdienst Frieden. Du verdienst Glück.

(Fügt den Stein hinzu, die Mauer wächst)

Ihre beste Freundin *(mit scharfer Stimme):* Siehst du nicht, wie er dich kontrolliert? Jedes Mal, wenn du versuchst, aufzustehen, zieht er dich wieder runter.
(Sie nimmt einen Stein und platziert ihn demonstrativ)

Penelope *(schaut kurz zu Ares, dann zu ihrer besten Freundin, Tränen in den Augen):* Ich fühle mich so gefangen. Ich weiß nicht mehr, was Liebe und was Gewohnheit ist.

Ihre beste Freundin *(legt den Arm um Penelope):* Du bist stark, Penelope. Du kannst ohne ihn weitermachen. Erinnere dich an die Frau, die du vor ihm warst.
(Sie greift nach einem weiteren Stein)

Ares: Siehst du, wie sie sie aufhetzt? Wie kann ich gegen das ankommen, was ihre Freunde ihr einreden?

Sein bester Freund *(bestimmt):* Das kannst du nicht, Ares. Manchmal ist die einzige Lösung, loszulassen. Manchmal muss man sich selbst retten.
(Fügt einen weiteren großen Stein hinzu)

Penelope *(hört Ares' Worte, ihre Stimme wird lauter):* Du denkst also, ich wäre das Problem?
(Wirft einen Stein auf die Mauer)

Ares *(erschrocken über ihre Reaktion):* Nein, Penelope, das meinte ich nicht. Ich… ich weiß auch nicht mehr, was ich meine.

(Setzt verzweifelt einen weiteren Stein)

Ihre beste Freundin *(energisch):* Du hörst es, oder? Er weiß nicht einmal, was er will. Du brauchst jemanden, der klare Vorstellungen hat, der dich unterstützt, nicht jemanden, der selbst verloren ist.

Sein bester Freund *(nickt zustimmend)*: Sie wird niemals zufrieden sein, egal was du tust. Es wird nie genug sein.
(Fügt Steine hinzu,)

Penelope *(blickt über die Mauer, sieht Ares direkt an)*: Ist es das, was wir geworden sind? Zwei Seiten einer Mauer, die nur noch höher wird?

Ares *(mit gebrochener Stimme)*: Ich wollte das nie, Penelope. Ich wollte nur, dass wir glücklich sind.

(Der Schlichter und Die Harmonische, das befreundete Paar, treten auf. Der Schlichter geht zu Ares, während Die

Harmonische sich zu Penelope gesellt)

Der Schlichter *(beruhigend zu Ares):* Wie ich sehe, geht es bei euch mal wieder hoch her. Ares, ich weiß, es ist hart. Aber vielleicht gibt es einen Weg, das alles zu klären. Was immer es ist. Ihr habt doch so viel zusammen durchgestanden.

Die Harmonische *(sanft zu Penelope):* Penelope, ich sehe, dass es dir nicht gut geht. Aber es gibt immer zwei Seiten einer Geschichte. Vielleicht könnt ihr einen Weg finden, miteinander zu reden, anstatt durch diese Mauer. Ich hoffe wirklich, dass ihr das hinbekommt.

Ares *(schaut skeptisch):* Das verstehst du nicht. Es ist alles so verfahren. Jedes Gespräch endet nur in weiteren Vorwürfen.

Penelope *(seufzt):* Ich habe es versucht. Aber es fühlt sich an, als ob wir in unterschiedlichen Welten leben. Diese Mauer... sie ist aus mehr als nur Stein.

(Auftritt ihres Vaters und seiner Mutter, die jeweils zu ihren Kindern halten)

Vater *(fast vorwurfsvoll zu Penelope):* Soso, ist wieder Ärger im Paradies ? Ich habe dir immer gesagt, dass dieser Junge nichts als Ärger macht. Du solltest dich von ihm trennen und den Weg gehen, den du dir immer erträumt hast.

Mutter *(giftig):* Höre nicht hin, Ares. Diese Frau hat dich nie verdient. Sie hat dich nur von deiner Familie weggezogen. Sie wollte dich mit niemandem teilen.

(Sein bester Freund und Ihre beste Freundin reagieren auf die Anwesenheit der Eltern mit eigenen, verstärkenden Kommentaren. Der Schlichter und Die Harmonische wirken dagegen eher besorgt)

Sein bester Freund *(zu Ares, nickt zustimmend zu Mutter):* Siehst du, sogar deine Mutter sieht das. Es ist besser, wenn du auf dich selbst achtest.

♀ - 51 - ♂

Ihre beste Freundin *(zu Penelope, zeigt auf ihren Vater):* Dein Vater hat recht, Penelope. Du kannst so viel Besseres haben.

Die Harmonische *(versucht dazwischenzugehen, ruhig):* Leute, bitte, das hilft doch niemandem. Wir sollten nach Lösungen suchen, nicht nach Schuldigen.

Der Schlichter *(zu allen, beschwichtigend):* Genau, wir müssen zusammen-arbeiten, nicht gegeneinander. Es gibt immer einen Weg.

Ares *(resigniert):* Mama, ich verstehe deine Sorgen, aber es ist nicht so einfach. Es geht um mehr als nur Richtig und Falsch.

Penelope *(verzweifelt):* Papa, ich weiß, dass du nur das Beste für mich willst, aber es ist mein Leben. Ich muss meine eigenen Entscheidungen treffen.

(Die Situation wird immer chaotischer, da jeder versucht, gehört zu werden.)

Penelope *(auf ihrer Seite der Mauer, ihr Blick verloren im Nichts, beginnt leise zu sprechen):* Als Mädchen glaubte ich an Märchen. Prinzen, die Prinzessinnen retten, und sie lebten glücklich bis ans Ende ihrer Tage.

(Sie lacht bitter)

Und was habe ich? Keinen Prinzen, keine Rettung – nur eine Mauer, die immer höher wird, Stein auf Stein, jedes Mal, wenn wir uns miss- verstehen, wenn wir uns wehtun.

(Sie streicht über einen der Steine)

Diese Mauer… sie ist aus unseren Träumen gebaut, die zerbrochen sind, aus Versprechen, die wir nicht halten konnten. Manchmal frage ich mich, ob es Mut erfordert, weiterzumachen und zu kämpfen, oder ob es mutiger ist, loszulassen… zu akzeptieren, dass nicht jedes Märchen ein glückliches Ende hat.

(Tränen rinnen über ihre Wangen)

Ares, mein Herz wollte nie eine Mauer zwischen uns. Aber hier stehen wir, jeder auf seiner Seite, unfähig, den anderen zu erreichen. Ist das der Preis der Liebe? Ein Leben im Schatten, hinter Mauern, die einmal Schutz bieten sollten und jetzt nur noch Gefängnisse sind?

(Stille auf der Bühne. Die anderen Charaktere schauen betroffen, ihre Gesichter spiegeln das Unbehagen wider, das die Worte von Penelope und Ares ausgelöst haben)

Sein bester Freund *(schaut Ares ernst an)*: Ich hoffe, du findest, was du suchst, Ares. Aber denk dran, manchmal ist der einzige Weg, sich selbst zu retten, einen Schlussstrich zu ziehen.

(Klopft ihm auf die Schulter und

geht)

Ihre beste Freundin *(umarmt Penelope kurz)*: Ich bin immer hier für dich, egal was passiert. Aber denke daran, du verdienst jemanden, der dich wirklich glücklich macht.
(Sie winkt zum Abschied und verlässt die Bühne)

Der Schlichter *(blickt noch einmal zurück auf die Mauer)*: Denkt daran, dass Kommunikation der Schlüssel ist. Ihr könnt nur zusammen Lösungen finden, wenn ihr miteinander redet, nicht übereinander. Aber nicht alles lässt sich lösen, nicht alles muß gelöst werden.

Ares: Was soll denn das jetzt wieder heissen ?

Der Schlichter: Nun, denke dir, dein Leben ist ein Kreis und Penelope´s Leben ist auch ein Kreis. Darin liegen alle eure Sorgen, Vorlieben, Stärken und Schwächen, Interessen.

Penelope: Und ?

Der Schlichter: Nun, jeder Mensch ist so ein Kreis. Aber die Beziehung ist nicht die Summe der Kreise, sondern sie findet nur in der Schnittmenge statt.

Ares: Und die Dinge ausserhalb der Schnittmenge, das bin doch auch ich.

Der Schlichter: Natürlich, aber die gehören nicht zu eurer Beziehung.

Penelope: Was ist mit Geheimnissen und Tabus ?

Der Schlichter: Nur wenn sie in eurer Schnittmenge liegen. Falls nicht, sind sie kein Thema, da sie nicht zur Beziehung gehören.

Ares: Als wir uns verliebten, lagen beide Kreise übereinander.

Der Schlichter: Das dachtest du. Aber vermutlich habt ihr gegenseitig nur versucht eure Kreise über-einander zu legen. Dabei erschien euch euer eigener natürlich immer wichtiger als der des anderen.

Penelope: Ich wollte seinen Kreis verstehen und erkunden.

Der Schlichter: Das glaube ich dir, er hat vermutlich dasselbe getan. Ihr dachtet, je grösser die Schnittmenge, umso stabiler die Beziehung, umso ehrlicher die Liebe.

Ares: Und was war daran falsch ?

Der Schlichter: Das ihr nicht gelernt habt, zu akzeptieren, daß jeder von euch beiden ausserhalb der Schnittmenge ein Leben, eine Persönlichkeit hat. Ein eigener Kreis ist. Und ihr könnt auch nicht gegenseitig Dinge aus dem Kreis des anderen herausnehmen, zerstören. Nur in der Schnittmenge findet eure Beziehung statt. Die ist bei manchen Paaren grösser, bei anderen kleiner. Aber das sagt nichts über die Liebe und Stärke der

Beziehung aus. Wenn ihr das nicht akzeptiert, werdet ihr immer aneinander scheitern.

Penelope: Das ist denkbar. Aber daran ist er schuld.

Ares: Bravo !

Der Schlichter: Keiner von euch beiden ist schuld, und doch seid ihr beide schuld. Kümmert euch um die Dinge in eurer Schnittmenge. Nur um diese. Und nur diese müsst ihr gemeinsam lösen.

 (Er nickt beiden zu und geht langsam ab, winkt seiner Freundin zu mitzukommen)

Die Harmonische *(beim Abgang mit einem traurigen Lächeln zu Penelope)*: Pass auf dich auf, Penelope. Und vergiss nicht, manchmal braucht es mehr Mut, eine Tür zu öffnen, als eine Mauer zu bauen. Weniger Drama ist manchmal besser.
(Sie winkt und verlässt die Bühne)

Vater *(seufzt tief, bevor er spricht)*: Penelope, ich will nur das Beste für dich. Denk darüber nach, was dich wirklich glücklich macht. Das Leben ist zu kurz für so viel Traurigkeit.
(Er schaut sie besorgt an, dann geht er)

Mutter *(streng zu Ares):* Du bist mein Sohn, und ich will, dass du glücklich bist. Lass dich nicht von anderen runterziehen. *(Sie umarmt ihn flüchtig und folgt den anderen)*

(Penelope und Ares stehen nun allein auf ihren Seiten der Mauer. Die Bühne wird dunkler, die Stimmung reflektiert die Einsamkeit und Stille, die nun zwischen ihnen herrscht)

Ares *(spricht leise, mehr zu sich selbst als zu Penelope):* Vielleicht haben sie alle recht. Vielleicht ist es einfacher, allein zu sein... *(Seine Stimme bricht ab, als er den Kopf gegen die Mauer lehnt)*

Penelope *(flüstert, eine Träne rollt über ihre Wange):* Aber Einfachheit war nie das, was ich wollte. Ich wollte...

(Sie stoppt, unfähig fortzufahren, umklammert einen Stein der Mauer)

(Die Lichter auf der Bühne dimmen weiter herunter, bis nur noch ein Scheinwerfer auf Penelope und einer auf Ares gerichtet ist, die beide ihre Gedanken und Gefühle in der Stille ihrer Isolation verarbeiten. Dies bleibt

noch eine kurze Zeit für das Publikum sichtbar. Dann geht das Licht aus)

Pause

In der Pause wird ein interaktives und symbolisches Element eingeführt, das das Publikum direkt in die Handlung miteinbezieht und zum Nachdenken anregt. Dieses Element ist ein großer Spiegel, der zunächst am Bühnenrand positioniert ist und während der Pause eine wichtige Rolle spielt. Später wird dieser Spiegel von Ares und Penelope an die Decke der Bühne gezogen oder schräg hinten an die Wand, um in der Handlung des zweiten Aktes eine fortlaufende symbolische Bedeutung zu tragen.

Die Rolle und Bedeutung des Spiegels am Bühnenrand

Während der Pause:

- *Reflexion des Publikums: Der Spiegel ist so positioniert, dass die*

Zuschauer sich selbst darin sehen können, während sie aufstehen und sich in der Pause bewegen. Dies zwingt das Publikum nahezu, sich buchstäblich und metaphorisch mit sich selbst und ihrer eigenen Reflexion auseinanderzusetzen.

- *Symbol der Selbstwahrnehmung: Durch das Betrachten ihres eigenen Spiegelbilds werden die Zuschauer angeregt, über ihre persönlichen Beziehungen und die metaphorischen Mauern nachzudenken, die sie möglicherweise in ihrem eigenen Leben errichtet haben.*
- *Interaktion:*
  Der Spiegel bietet eine Gelegenheit für das Publikum, Teil der Darstellung zu werden. Es kann die Trennung und Verbindung, die im Stück thematisiert wird, persönlich nachempfinden.

Die Bedeutung und Möglichkeiten des Spiegels an der Decke im zweiten Akt:

- *Neue Perspektive: Wenn der Spiegel von Ares und Penelope an die Decke/schräg an die hintere Wand gezogen wird, ändert sich die Perspektive sowohl für die Charaktere auf der Bühne als auch für das Publikum. Penelope und Ares können sich nun nur noch durch den Spiegel an der Decke sehen, was ihre Kommunikation und Interaktion beeinflusst.*

- *Symbol der Distanz und Reflexion: Die Tatsache, dass sie sich nicht direkt, sondern nur durch den Spiegel sehen können, symbolisiert die emotionale und physische Distanz zwischen ihnen. Gleichzeitig ist es aber auch eine Annäherung, weil sie sich wieder sehen können.*

- *Transformation und Einsicht: Der Spiegel an der Decke erlaubt es den*

*Charakteren (und dem Publikum),
die Situation aus einer anderen
Perspektive zu betrachten, worum es
ja im gesamten Stück geht. Dies
kann zu Einsichten führen, wie
wichtig es ist, über die eigenen
Barrieren hinauszuschauen und zu
verstehen, dass Versöhnung oft eine
Frage der Perspektive ist.*

*Der Spiegel verbindet die innere Welt der
Charaktere mit der äußeren Welt des
Publikums.*

Akt 2

(Die Bühne ist in gedämpftes Licht getaucht. Die Mauer steht unverrückbar zwischen Penelope und Ares. Oberhalb hängt der große Spiegel, der es ihnen ermöglicht, den anderen zu sehen, ohne direkt miteinander interagieren zu können)

Penelope *(schaut in den Spiegel, spricht leise, als ob sie zu sich selbst spräche):* Ares? Siehst du mich? Manchmal frage ich mich, ob du dasselbe siehst wie ich. Wenn unsere Blicke sich im Spiegel treffen, fühlt es sich an, als könnte ich fast durch diese Mauer hindurchreichen. *(Pause)* Es ist alles so kompliziert geworden...

Ares *(blickt nach oben, seine Stimme ist nachdenklich):* Ich sehe dich, Penelope. Und in deinen Augen sehe ich all die Dinge, die wir verloren haben. All die kleinen Momente, die irgendwie im Lärm des Alltags untergegangen sind. *(Er seufzt tief)* Ich frage mich, ob es einen Weg gibt, all das zurückzubekommen. Oder ob der Spiegel uns nur zeigt, was wir vermissen, ohne uns eine Chance zu geben, es wirklich zu erreichen.

Penelope *(nickt langsam, ihre Stimme zittert leicht):* Der Spiegel... er zeigt uns beide, aber getrennt durch all die Jahre des Missverstehens. Ich erinnere mich an die Zeiten, als es keine Mauern zwischen uns gab, nur offene Türen. *(Sie legt ihre Hand auf die kalten Steine der Mauer)* Warum haben wir das zugelassen, Ares?

Ares *(berührt ebenfalls die Mauer, als könnte er ihre Hand spüren):* Ich weiß es nicht, Penelope. Vielleicht haben wir zu viel geschwiegen, als wir hätten sprechen sollen. Vielleicht haben wir zu oft gesprochen, wenn wir uns einfach in den Arm hätten nehmen sollen. Jeder Stein hier... er trägt ein Wort, eine Geste, einen Fehler.

Penelope *(sieht wieder in den Spiegel, ihre Augen suchen die seinen):* Und jetzt? Was machen wir jetzt, Ares? Der Spiegel... er könnte eine Brücke sein, aber es fühlt sich an, als stünde er auch für die Distanz zwischen uns.

Ares *(mit einer Spur von Hoffnung in der Stimme):* Vielleicht zeigt uns der Spiegel auch einen Weg. Vielleicht müssen wir lernen, nicht nur unsere Fehler zu sehen, sondern auch die Möglichkeiten. Möglichkeiten, zu vergeben. Zu heilen. *(Er macht eine Pause)* Ich möchte diese Mauer nicht mehr zwischen uns, Penelope. Nicht mehr.

Penelope *(flüstert, Tränen in den Augen):* Ich auch nicht, Ares. Ich auch nicht. Aber die Frage ist, wie fangen wir an, sie abzubauen?

Ares *(bestimmt):* Ein Stein nach dem anderen. Vielleicht müssen wir lernen, die Steine nicht als Barrieren zu sehen, sondern als Brückensteine. Jeder Stein, den wir abtragen, bringt uns ein Stück näher zusammen.

Penelope *(blickt nachdenklich in den Spiegel, sieht Ares' Spiegelbild):* Weißt du, manchmal denke ich, als wir die Mauer so hastig gebaut haben, dass wir vergessen haben, warum wir überhaupt angefangen haben, sie zu errichten.

(Sie pausiert, wählt ihre Worte mit Bedacht)
Jeder Stein schien notwendig, schien der einzige Weg zu sein, uns vor weiterem Schmerz zu schützen...

Ares *(sein Spiegelbild zeigt ein sanftes Lächeln, das die Sehnsucht in seinen Augen widerspiegelt):* Ja, so wird es wohl sein. Jeder Stein eine Reaktion, eine Verteidigung gegen eine vermeintliche Bedrohung. Aber jetzt sehe ich, dass die größte Bedrohung vielleicht unsere eigene Angst war, verletzt zu werden. *(Er seufzt)* Wie ironisch, dass unsere Verteidigung uns am meisten verletzt hat.

Penelope *(lächelt schwach, ihre Augen noch immer auf den Spiegel gerichtet):* Ironisch und traurig. Aber hier stehen wir, sprechen über den Abbau dieser Mauer, als ob wir beide endlich erkennen, dass sie uns mehr eingesperrt als beschützt hat. *(Sie streicht über einen imaginären Stein in der Luft)* Jeder dieser Steine trägt unsere Geschichte, Ares. Vielleicht ist es an der Zeit, sie neu zu schreiben, nicht zu löschen.

Ares *(nickt langsam):* Neu schreiben... das gefällt mir. *(Er schaut tiefer in den Spiegel, als würde er versuchen, durch ihn hindurch Penelope direkt anzusehen)*

Vielleicht können wir beginnen, indem wir nicht nur sprechen, sondern auch wirklich zuhören. Nicht nur hören, was gesagt wird, sondern auch, was zwischen den Zeilen steht. (Pause) Was würdest du sagen, Penelope, wenn wir anfangen könnten, einen Stein nach dem anderen wegzunehmen, nicht nur mit unseren Händen, sondern mit unseren Herzen?

Penelope *(ihre Stimme bricht fast vor Hoffnung):* Mit unseren Herzen… *(Sie wischt sich eine Träne weg)* Ares, ich möchte das. Ich möchte verstehen und verstanden werden. Ich möchte, dass wir beide frei sind von dieser Last, die wir so lange getragen haben.

Ares *(seine Stimme wird fester, entschlossener):* Dann lass' es uns zur Aufgabe machen. Mit jedem sanften Wort, mit jeder ehrlichen Entschuldigung, einen Stein entfernen. Mit jedem Akt des Verstehens und jeder Geste der Zuneigung vielleicht sogar zwei.

Penelope *(beinahe flüsternd):* Und mit jedem Moment der Geduld und jedes Mal, wenn wir einen Schritt zurücktreten, um den anderen vorzulassen, bauen wir eine Brücke, anstatt die Mauer höher zu ziehen.

Ares *(mit einem Hauch von Optimismus):* Eine Brücke… Ja, das klingt gut. Eine Brücke, die stark genug ist, uns beide zu tragen, stark genug, um diese gefährliche Mauer endgültig zu überwinden.

(sie stehen beide mit dem Gesicht vor der Mauer und suchen mit ihren Händen die Hände des jeweils anderen)

Ares *(betrachtet dabei nachdenklich Penelopes Spiegelbild):* Manchmal, wenn ich nachts wach liege, denke ich über alle Worte nach, die wir gesagt haben, und über die, die ungesagt blieben.

(Er pausiert, sein Blick wird trüber) Ich frage mich, ob Vergebung wirklich möglich ist, oder ob wir nur

lernen, mit dem Schmerz zu leben, ihn irgendwie zu vergessen.

Penelope *(ihre Augen treffen seine im Spiegel, ein sanfter, aber trauriger Ausdruck auf ihrem Gesicht):* Ich verstehe das. Vergebung ist wie das Öffnen eines alten Buches, dessen Seiten wir dachten, sie für immer geschlossen zu haben. *(Sie seufzt)* Es gibt Tage, an denen ich glaube, dass wir alles hinter uns lassen können, und dann gibt es Momente, in denen die Zweifel so laut sind, dass ich mich frage, ob wir jemals wirklich heilen können.

Ares *(sein Ton wird entschlossen, als er beginnt, seine tiefsten Hoffnungen* *zu teilen):* Aber ich möchte glauben, Penelope. Ich möchte glauben, dass es für uns beide einen Weg gibt, nicht nur zu vergessen, sondern wirklich zu verzeihen. *(Er schließt kurz die Augen)*

Denn ohne Vergebung sind wir gefangen in einer endlosen Schleife unserer Fehler. Vielleicht bedeutet Vergebung nicht, dass wir vergessen, was geschehen ist, sondern dass wir akzeptieren, dass es uns zu dem gemacht hat, was wir heute sind.

Penelope *(nickt langsam, ihre Stimme zittert vor Emotion):* Deine Worte geben mir Hoffnung, Ares. Hoffnung, dass dieses neue Kapitel, das wir vielleicht aufschlagen, eines sein könnte, das von Verständnis und gemeinsamem Wachstum erzählt. *(Sie hält inne, sucht nach den richtigen Worten)* Ich will das, Ares. Ich will, dass wir einen Weg finden, der uns beiden Frieden bringt.

Ares *(steht abseits, blickt auf seine Hände und dann wieder in den Spiegel, dann zum Publikum, geht zum Bühnenrand)*:

Wenn ich darüber nachdenke, was Vergebung bedeutet, frage ich mich oft, ob ich stark genug bin. Stark genug, um über meinen Schatten zu springen und nicht nur deine Fehler, sondern auch meine eigenen zu akzeptieren. *(Er schaut zum Spiegel)*

Es ist ein Risiko, sich wieder zu öffnen, zu vertrauen. Aber vielleicht ist es ein Risiko, das es wert ist, überwunden zu werden, um nicht allein in den Schatten der Vergangenheit zu wandern.

Penelope *(berührt sanft die kalte Oberfläche der Mauer, als ob sie Ares direkt berühren könnte; Ares geht wieder zur Mauer zurück, Penelope zum Bühnenrand)*:

Vergebung... es klingt so einfach und ist doch so schwer. Manchmal habe ich Angst, dass meine Fähigkeit zu vergeben, nicht ausreicht, dass alte Wunden wieder aufreißen und uns zurückwerfen könnten. *(Sie atmet tief durch, ihre*

Augen suchen den Spiegel)
Aber dann sehe ich dich, und ich
erinnere mich an all die Gründe,
warum ich es noch einmal versuchen
möchte. Nicht nur für uns, sondern
auch für mich. Um frei zu sein von
der Last der Wut und des Ärgers.
Um wieder atmen zu können.

*(Penelope geht wieder zurück auf
ihre Seite der Mauer; die Bühne ist in
warmes Licht getaucht, das die
Hoffnung und das erneute
Engagement der beiden
Hauptfiguren widerspiegelt. Die
Mauer ist noch immer präsent, doch
Penelope und Ares stehen nun direkt
vor ihr, bereit, sie Stück für Stück
abzubauen)*

Penelope *(nimmt einen Stein von der Mauer, hält ihn kurz in den Händen)*: Jeder dieser Steine war ein Wort, ein Missverständnis, ein Schmerz. *(Sie legt den Stein vorsichtig ab)* Aber sie sind auch Erinnerungen… Erinnerungen daran, dass wir stärker sind, wenn wir zusammenarbeiten.

Ares *(entfernt ebenfalls einen Stein, betrachtet ihn)*: Es ist merkwürdig, zu denken, dass jeder dieser Steine ein Teil von uns war, ein Teil unserer Geschichte. *(Er setzt den Stein neben Penelopes ab)* Vielleicht können wir, statt sie zwischen uns zu lassen, sie benutzen, um etwas Neues zu bauen. Etwas Besseres.

(Im Hintergrund betreten der beste Freund, Ihre beste Freundin, Der Schlichter, Die Harmonische, Vater und Mutter nacheinander die Bühne. Sie schleichen miteinander um Penelope und Ares herum. Sie sprechen unhörbar miteinander und gestikulieren, einige zeigen offensichtlich Frustration oder Besorgnis über das, was Penelope und Ares tun. Doch ihre Worte sind nicht hörbar; das Licht auf ihnen ist gedimmt, der Fokus bleibt auf Penelope und Ares, für die die anderen offenbar unsichtbar sind)

Penelope: Es ist leicht, abgelenkt zu werden, von dem, was alle anderen sagen oder denken. Selbst wenn sie nicht da sind, kommt es mir vor, als ob sie mich beeinflussen. *(Sie nimmt einen weiteren Stein)* Aber ich glaube, das Wichtigste ist, was wir selbst fühlen, was wir selbst denken. Auch wenn sie es alle nur gut mit uns meinen.

Ares *(nickt zustimmend, entfernt einen weiteren Stein):* Ja, und ich denke, dass alles, was wir brauchen und auch nicht brauchen, hier zwischen uns ist. *(Er zeigt auf die Mauer, den Spiegel und den Raum zwischen ihnen, der sich langsam*

öffnet)
Diese Leere, die wir füllen können, nicht mit Steinen, sondern mit Hoffnung, Vertrauen und Liebe.

Penelope *(lächelt, während sie weitere Steine abträgt):* Liebe... ich habe fast vergessen, wie stark dieses Wort, dieses Gefühl, sein kann. Wie sie Mauern niederreißen kann, die unüberwindbar schienen.

Ares *(mit wachsender Zuversicht):* Lass uns diese Mauer niederreißen, Penelope. Lass uns zeigen, dass wir mehr sind als die Summe unserer Fehler, mehr als unsere Vergangenheit. Laß' uns unsere

Schnittmenge finden und akzeptieren.

(Während sie sprechen und weiterhin Steine entfernen, verblassen die anderen Charaktere immer mehr in den Hintergrund, ihr Einfluss wird unwichtiger, bis sie lichttechnisch fast unsichtbar sind. Nur Penelope und Ares bleiben beleuchtet, ein Symbol ihrer erneuerten Verbindung und Fokussierung aufeinander)

Penelope *(hebt einen weiteren Stein, bevor sie ihn zur Seite legt):* Mit jedem Stein, den wir weglegen, fühle ich, wie etwas in mir leichter wird. Es ist, als würden wir nicht nur eine physische Last entfernen, sondern auch eine emotionale.

Ares *(lächelt, während er ebenfalls arbeitet):* Ja, es ist fast so, als hätten wir diese Mauer nicht nur um uns, sondern auch in uns gebaut. Jeder Stein... eine Barriere in unseren Herzen.

Penelope *(schaut kurz innehaltend auf die Mauer):* Weißt du, Ares, es schien schwere Arbeit zu sein, die Steine aufzustapeln, sich hinter ihnen zu verstecken. Viel schwerer wird es, sich dem zu stellen, was dahinter liegt.

Ares *(nickt ernst):* Ich weiß. Aber dahinter bist du, dahinter bin ich. Und wir sind uns nicht unbekannt. Eine Gelegenheit zu wachsen, zu heilen und vielleicht sogar zu verzeihen.

Penelope *(setzt einen Stein ab und sieht Ares direkt an):* Verzeihen... das ist ein großes Wort. Manchmal frage ich mich, ob ich es kann. Nicht nur dir, sondern auch mir selbst.

Ares *(nimmt ihre Hand für einen Moment, bevor sie weiterarbeiten):*

Das ist Teil unserer Reise, nicht wahr? Vergebung ist nicht nur ein Akt, sondern ein Prozess. Etwas, das wir jeden Tag wählen müssen.

Penelope *(lächelt dankbar für seine Worte):* Ja, und es ist eine Reise, die ich mit dir fortsetzen möchte. Auch wenn es Tage geben wird, an denen ich zweifle, an denen die alten Wunden schmerzen.

Ares *(mit einem Hauch von Entschlossenheit):* An diesen Tagen werden wir uns gegenseitig daran erinnern, warum wir diesen Weg gewählt haben. Warum wir entschieden haben, diese Mauer abzubauen, anstatt sie höher zu bauen. Warum wir in unserer Schnittmenge glücklich sein wollen.

(Während sie sprechen, setzen sie ihre Arbeit fort, die Mauer zwischen ihnen wird sichtlich niedriger, die Lücke größer)

Penelope *(betrachtet die schrumpfende Mauer):* Es fühlt sich an, als würden wir nicht nur diese Mauer abtragen, sondern auch etwas Neues bauen, obwohl man es nicht sehen kann. Etwas, das auf

Verständnis und Mitgefühl basiert, nicht auf Angst und Schmerz.

Ares *(schaut durch die sich öffnende Lücke):* Ja, und jedes Mal, wenn wir einen Stein entfernen, lassen wir Licht herein, Licht, das vorher blockiert wurde. Es ist, als würden wir nicht nur Raum zwischen uns schaffen, sondern auch Licht. Licht für unsere Herzen, unsere Liebe. Unsere Zukunft.

Penelope *(mit einem hoffnungsvollen Ausdruck):* Licht… Ich glaube, das haben wir beide lange vermisst. Das Licht der Hoffnung, der Freude und der Liebe.

Ares *(beendet seinen Teil und tritt einen Schritt zurück, um die Arbeit zu betrachten):* Und während wir diese Mauer abtragen, finden wir vielleicht auch Wege, die offenen Wunden zu heilen. Mit jedem Stein, den wir weglegen, jedem ehrlichen Wort, das wir teilen.

(Die Bühne ist ruhig und intim beleuchtet, symbolisch für die innere und äußere Klarheit, die Penelope und Ares erreicht haben. Die letzten Steine der Mauer liegen verstreut um sie herum)

Penelope *(betrachtet die fast vollständig abgetragene Mauer):* Sieh uns an, Ares. Wer hätte gedacht, dass wir hier stehen würden? Dass wir es schaffen könnten, all diese Barrieren, die wir so sorgfältig errichtet hatten, abzubauen?

Ares *(nimmt einen der letzten Steine in die Hand, schaut ihn an und legt ihn dann zur Seite):* Ich war mir nicht sicher, Penelope. Es gab Momente, in denen ich dachte, diese Mauer wäre zu stark, zu hoch, zu mächtig. Aber hier stehen wir, und alles, was bleibt, sind diese Trümmer unserer Ängste und Missverständnisse. Jetzt wo die Steine so da liegen. Kleine Haufen, gestapelt, sehen sie gar nicht mehr so bedrohlich aus.

Penelope: Es fühlt sich so unwirklich an. Wie ein neuer Anfang, nicht wahr? Ein neues Kapitel, das darauf wartet, geschrieben zu werden.

Ares: Ja, ein neues Kapitel. Und dieses Mal können wir wählen, wie die Geschichte verläuft. Ohne die Last der Vergangenheit, auf unseren Schultern.

Penelope *(lächelt, Tränen der Erleichterung in ihren Augen)*: Ich habe so lange davon geträumt, Ares. Von einem Ort, an dem wir nicht durch Schmerz verbunden sind, sondern durch die Wahl, uns jeden

Tag aufs Neue füreinander zu entscheiden.

Ares: Ich auch, Penelope. Und ich glaube, das Wichtigste, was ich gelernt habe, ist, dass Vergebung nicht bedeutet, zu vergessen. Es bedeutet, sich zu erinnern und sich zu entscheiden, weiterzumachen, über den Schmerz hinaus und hin zum Glück.

Penelope: Weiterzumachen... ja. Aber nur in unserer Schnittmenge, vergiss das nicht. Ich denke, das ist, was eine wahre Beziehung ausmacht. Die Stärke zu haben, zu lieben, auch wenn es einfacher wäre, sich abzuwenden und sich hinter den Mauern zu verstecken, die wir kennen.

Ares *(blickt auf die freie Stelle zwischen ihnen):* Diese Mauern... sie haben uns so lange getrennt, Penelope. Aber jetzt, wo sie weg sind, sehe ich dich mit neuen Augen.

Penelope *(tritt durch die Lücke, steht nun direkt vor Ares):* Und was siehst du, Ares?

Ares *(legt seine Hände auf ihre Schultern, ernst und doch voller*

Liebe): Ich sehe dich, Penelope. Nicht die Version von dir, die ich durch meine Ängste und Unsicherheiten gesehen habe, sondern die ganze wunderbare, komplexe Person, die du bist. Der schönste Kreis, den ich mir wünschen könnte.

(Penelope und Ares stehen sich nun ohne die Mauer zwischen ihnen gegenüber. Sie nehmen sich in die Arme, zum Zeichen der Versöhnung und des Neuanfangs. Die Bühne wird dunkler, nur die beiden bleiben beleuchtet, ein Symbol dafür, dass sie zusammen das Dunkel überwunden haben; Die anderen Darsteller stehen

weiterhin beobachtend im Hintergrund)

Ares *(hält Penelopes Hände, sein Blick ist intensiv und aufrichtig):* Penelope, all die Jahre, all die Kämpfe... ich glaube, ein Teil von mir hatte Angst, zu sehen, wer wir ohne diese Mauer sind. *(Er pausiert, seine Stimme wird weicher)* Aber jetzt, da sie weg ist, fühle ich eine Art Freiheit, die ich lange nicht gespürt habe.

Penelope *(drückt seine Hände, ihre Augen spiegeln seine Gefühle):* Ich auch, Ares. Es ist, als ob wir jetzt die Chance haben, alles das zu sein, was wir hätten sein können, bevor die

Angst, Egoismus und der Schmerz uns überwältigten.

(Sie atmet tief ein)

Wir haben jetzt die Möglichkeit, zu wählen, wie wir vorangehen. Nicht als Opfer unserer Vergangenheit, sondern als Schöpfer unserer Zukunft.

Ares *(nickt bedächtig):* Und diese Zukunft... ich möchte, dass sie auf Vertrauen basiert. Auf echtem Vertrauen, das nicht durch Worte, sondern durch Taten genährt wird.

(Er schaut in die Ferne, dann wieder zu Penelope)

Wir haben beide Fehler gemacht, haben uns gegenseitig verletzt. Ich will, dass wir lernen, besser zu kommunizieren, wirklich zuzuhören, nicht nur zu antworten. Ich will von ganzem Herzen unsere Schnittmenge verstehen und akzeptieren.

Penelope *(ihr Ausdruck wird nachdenklich):* Ich möchte, dass wir neue Wege finden, uns unsere Liebe zu zeigen und zu teilen, nicht nur in guten Zeiten, sondern auch, wenn es schwer wird. Ich möchte, dass wir uns in den stürmischen Zeiten festhalten, nicht voneinander abwenden.

Ares *(seine Augen leuchten vor Hoffnung):* Ja, das ist es, was echte Partnerschaft ausmacht, nicht wahr? Dass man zusammensteht, auch wenn es schwierig ist. *(Er zieht sie* *näher an sich heran)* Ich verspreche dir, Penelope, dass ich da sein werde, für dich, mit dir, an deiner Seite.

Penelope *(umarmt ihn fest):* Und ich möchte auch für dich da sein, Ares. Diese Mauer... sie hat uns vielleicht für eine Zeit getrennt, aber sie hat uns auch gezeigt, wie stark wir sein können, wenn wir gemeinsam daran arbeiten, sie niederzureißen.

(Während sie sprechen, legen sie letzte Hand an, die Steine der Mauer in kleinen Haufen am linken und rechten Rand der Bühne zu stapeln)

Ares *(während sie arbeiten):* Weißt du, Penelope, ich denke, das Schönste an all dem ist, dass wir trotz allem hier sind, zusammen. Dass wir trotz der Dunkelheit, die uns umgeben hat, immer noch in der Lage sind, Licht zu sehen – in uns selbst und ineinander.

Penelope *(schaut auf ihre gemeinsame Arbeit, dann zu Ares):* Und solange wir dieses Licht nicht verlieren, solange wir es immer wieder ineinander finden, gibt es nichts, was wir nicht überwinden können. Nicht wahr?

Ares *(zustimmend):* Nichts, was wir nicht überwinden können.

(Das Bühnenlicht dimmt sich zu einem sanften, beruhigenden Schimmer. Die beiden ziehen das Bett wieder in die Mitte der Bühne, die anderen Charaktere gehen ab)

Penelope *(legt sich ins Bett, zieht die Decke bis zum Kinn, blickt zu Ares):* Weißt du, Ares, auch wenn die Mauer weg ist, bleibt die Angst, dass sie eines Tages zurückkehren könnte. *(Sie schaut nachdenklich)* Es ist, als ob die Angst ein eigenes Leben hat, das im Schatten lauert.

Ares *(legt sich neben sie, schaut zur Decke, dann zu ihr):* Ich weiß, ich fühle es auch. Aber ich glaube, dass die Angst uns auch daran erinnern kann, wachsam zu sein, nicht zurückzufallen in die Muster, die uns hierher geführt haben. *(Er greift nach ihrer Hand auf der Decke)* Solange wir darüber sprechen, solange wir ehrlich zueinander sind, haben wir eine Chance.

Penelope *(drückt seine Hand, ein schwaches Lächeln umspielt ihre Lippen)*: Ja, Ehrlichkeit... das war immer unsere stärkste Waffe, nicht wahr? Und unsere größte Herausforderung.

Ares *(lacht leise):* Das stimmt. Aber ich denke, jede Herausforderung, die wir gemeinsam meistern, macht uns stärker. Macht unsere Bindung fester. *(Er schaut sie tief in die Augen)* Ich liebe dich, Penelope. Das hat sich nie geändert, selbst hinter der höchsten Mauer nicht.

Penelope *(mit Tränen der Rührung in den Augen):* Und ich liebe dich, Ares. Durch jede Angst, durch jeden Schatten.

(Während sie sprechen, kommen die anderen Charaktere auf die Bühne, senken den Spiegel langsam von der Decke/Hinterwand herab. Das Licht auf der Bühne fängt die Reflexion des Spiegels ein, in dem sich das Publikum selbst sehen kann, eine letzte Reflexion über die eigenen Mauern, die jeder in sich trägt)

Ares: Siehst du den Spiegel, Penelope? Er erinnert uns daran, dass wir nicht allein sind in unseren Kämpfen. Dass jeder seine eigene Mauer hat, seine eigene Geschichte.

Penelope *(nickt, ihre Augen folgen dem Spiegel):* Es ist schön sich vorzustellen, dass vielleicht andere da draußen, nun ihre eigenen Mauern sehen... und vielleicht sogar beginnen wollen, sie abzubauen.

Ares *(zieht die Decke höher, sein Blick wird müde):* Lass uns schlafen, Penelope. Morgen ist ein neuer Tag, und ich bin dankbar, dass wir ihn zusammen beginnen können, frei von den Mauern, die uns eben noch trennten.

Penelope *(schmiegt sich an ihn):* Ja, lass uns schlafen. Mit der Hoffnung, dass jeder neue Tag uns näher zusammenbringt, auch wenn die Angst bleibt. Aber zusammen...

zusammen können wir alles
überwinden.

Penelope *(schlafend):*

In den Trümmern unserer Worte,
unter Steinen schwer und kalt,
fanden wir die schärfsten Scherben,
verloren uns alsbald.

Jeder Stein, ein hartes Wort,
eine Wunde tief und schmerzlich,
Jedes Stück ein bitt'rer Schritt, nichts
schien mehr lieb und herzlich.

Ares *(schlafend):*

Wo ging verloren, was wir hatten,
wer hat den Zweifel einbestellt?
Oder war es nur ein Schatten,
in unserer heilen trauten Welt ?

Jede Mauer, die wir bauten,
trennte mehr als nur den Raum,
die Herzen wurden bitter, müde;
doch wach blieb unser Traum.

Penelope:

Deine Stimme, einst mein Hafen,
einst so nah, schien plötzlich weit,
Doch im Spiegel, ach, entlarvt sich,
was war Wahrheit, was nur Leid.

Kann Vergebung uns befreien?
Kann dein Herz mich wieder sehen?
Kann aus Trümmern Liebe keimen,
Muß um Hoffnung man erst flehen?

Ares:

Ja, die Liebe kann noch blühen,
auf dem Feld, das karg und leer,
Wenn wir zueinander stehen,
fällt der Neubeginn nicht schwer.

Hand in Hand, Stein für Stein,
bau´n wir auf vertrautem Grund,
Eine Brücke, fest und sicher,
Machen für uns Ecken wieder rund.

Penelope und Ares *gemeinsam*:

So leg' ich meine Angst nun nieder,
deine Hand, die meine hält,
Zusammen schreiten wir nun weiter,
bauen uns´re eigene Welt.

In den Spiegel schau'n wir leise,
sehen, was einst war und ist,
Und in uns'ren Herzen schreit es,
bewahrt das Gute, wie es ist.

Penelope:

Mit dir zu reden, heißt zu heilen,
jeden Tag ein neues Blatt,
Mit dir lachen, weinen, fühlen,
heisst, dass man sich wirklich hat.

Ares:

In der Stille uns'rer Nächte,
flüstern Sterne von Verzeih'n,
Uns're Herzen, leise pochend,
dürfen glücklich wieder sein.

Penelope und Ares *gemeinsam*:

In den Trümmern uns'rer Worte,
formt sich leise, sanft ein Lied,
Das uns singt ins neue Morgen,
wo das Dunkel schnell entflieht.

Hand in Hand, im Spiegel sehen wir,
der Liebe sanftes Licht,
Schlafen ein und träumen weiter,
vergessen und verzeihen, - oder nicht.

(Das Licht dimmt weiter herunter, bis nur noch ganz wenig das schlafende Paar erhellt. Während das Publikum im Spiegel, der wieder am Bühnenrand steht, sich selbst und die Reflexion über das Gesehene betrachten kann)

Vorhang inklusive Spiegel

(1996 – September 2024)

Ende

♀ - **117** - ♂

♀ - 118 - ♂

Ebenfalls erschienen :

Edition

F F M

♀ - **119** - ♂

Der kleine Vogel Piep

ein Märchen von Žan Mokran

Märchen

Der kleine Vogel Piep

"Der kleine Vogel Piep möchte fliegen
lernen, denn er hat festgestellt, dass er
Flügel hat. Ob und wie ihm das gelingt, was
das alles mit wahrer Freundschaft, dem
Sinn des Lebens und der Tatsache, dass
man nie aufhören darf an sich zu arbeiten
zu tun hat, erzählt dieses Buch. Wer Flügel
hat, soll fliegen... das steht fest!"

ISBN 3-8311-3036-1

Circles

ein Bühnenstück von Žan Mokran

Theaterstück

CIRCLES - Ein modernes Theaterstück, in dem es um Wahrheit, Wahrheitsfindung und die unterschiedliche Sicht auf dieselben Dinge des Lebens geht. Und den Mut und die Bereitschaft, die Sinnhaftigkeit von Aufgaben im Alltag zu hinterfragen. Der Protagonist Ulrich Nathan Sinn macht dafür eine Reise in sein innerstes Ich, fordert Autoritäten heraus und reiht sich schließlich aus Neugier in die Allegorien des Lebens ein.
Wenn die Frage lautet, ob es ein Dreieck oder ein Viereck ist, ist, wenn man es zulässt, "ein Kreis" eine mögliche Antwort.

ISBN 978-3-7568-1597-5

♀ - 121 - ♂

Der Lustige Postbote

Theaterstück von Žan Mokran

Theaterstück

DER LUSTIGE POSTBOTE: Ein
komödiantisches Durcheinander in zwei
Akten für die kleine und die grosse Bühne.
Vier Briefe an vier namensgleiche
Empfänger sorgen in einem Gasthaus auf
dem Land unter der illustren Gesellschaft
für eine feuchtfröhliche Mittagszeit.
Der Autor entschuldigt sich ausdrücklich
bei der Landbevölkerung und den
Stadtbewohnern. Er weiß, ihr seid nicht so,
wie er euch hier in diesem Theaterstück
beschreibt. Aber in diesem Stück seid ihr
so. Nehmt es mit Humor.

ISBN 978-3-7578-8283-9

Die Hochzeit im Kaufmannsladen

Theaterstück von Žan Mokran

Theaterstück

DIE HOCHZEIT IM KAUFMANNSLADEN: Eine komödiantische Reise in eine längst vergangene Zeit, in einen Kaufmannsladen, wie es ihn heute nicht mehr gibt. In die Herzen der Menschen, die Irrungen und Wirrungen der Liebe. Aber auch in die Anfänge medialer Kommunikation und damit auch der vielen Mißverständnisse, zu denen sie führen kann. Und das alles dramatisch und romantisch garniert, im Zusammenhang mit Heiratsschwindlern, besorgten Müttern und verliebten Backfischen.

ISBN 978-3-7597-0771-0

Notizen für ein anderes Leben

Aphorismen von Žan Mokran – Band 01

Aphorismen

NOTIZEN FÜR EIN ANDERES LEBEN
Band 01 - In diesem ersten Band einer
Reihe von geplanten Bänden, tauchen wir
ein, in die Welt der kurzen Worte und
langen Gedanken. Die Themen sind ebenso
vielfältig, wie das Leben selbst. Dabei geht
es nicht darum, die Wahrheit für sich in
Anspruch zu nehmen, sondern eher darum,
eine Erfahrung oder Erkenntnis subjektiv
zu manifestieren.

ISBN 978-3-7578-8272-3

Notizen für ein anderes Leben

Aphorismen von Žan Mokran – Band 02

ISBN 978-3-7597-0780-2

Notizen für ein anderes Leben

Aphorismen von Žan Mokran – Band 03

Aphorismen

NOTIZEN FÜR EIN ANDERES LEBEN
Band 03– der dritte Band der Reihe, der
umfangreichste bislang, geht zurück in das
Jahr 2001, in welchem sich sowohl in der
Welt, als auch für mich einiges veränderte.
Manches davon wirkt bis heute nach,
manches schien fast vergessen. Spürbar
jedoch, wurde mein Geist kritischer.

ISBN 978-3-7583-5095-5

♀ - 126 - ♂

Und unsere Gedichtbände:

Honig im Schuh
von Žan Mokran

Lyrik

HONIG IM SCHUH - nennt Zan Mokran die
Buchreihe seiner Gedichte. Es beschreibt
einerseits ein Lebensgefühl, andererseits
die Ursache, warum ein Mensch sich
ausdrücken möchte.

Wir wissen, was die Welt
Im Innersten zusammenhält.
Doch bei aller Klugheit bleiben wir ,
Ob wir wollen oder nicht, stets Ungetier.

ISBN 978-3-7568-2014-6

♀ - 128 - ♂

Leseprobe aus „Honig im Schuh":

Honig im Schuh (High Society)

Ich habe
Honig im Schuh.
Und weiß nichts
damit anzufangen
als hineinzutreten.

Alles so schön klebrig
Und so schön eklig.

Besser Honig im Schuh
Milch in der Wanne
Und Schampus aus dem Hahn
als barfußgehen.

Bunte Seelensterne

Lyrik von Tanja Schard

Tanja Schard

**BUNTE
SEELENSTERNE**

Lyrik

BUNTE SEELENSTERNE - Auch in ihrem
dritten Gedichtband widmet sich
Tanja Schard mit ihrer eigenen Sprache den
Empfindungen des Alltags und den Menschen,
denen sie begegnet. Fließend wechselt sie dabei
zwischen Gereimtem und Prosa, je nachdem
wonach das feinsinnig beobachtete Thema
verlangt. Mancher sehnt sich zu den Sternen am
Firmament, dabei sind es manchmal einfach
bunte Seelensterne, die den Alltag besser
begreifbar und formulierbar machen. Und damit
erträglicher.

ISBN 978-3-7568-1829-7

♀ - 130 - ♂

Leseprobe aus „Bunte Seelensterne“:

Momentaufnahme

Welcher Sinn des Lebens
könnte schöner sein
als der zu leben
jeden Moment
bewußt wahrzunehmen
zu genießen
welche Freuden das Leben
für uns bereithält

Es ist ein stetes Nehmen und Geben
und jede Talfahrt
kann bereits dazu dienen
Schwung für das nächste Hoch
zu sammeln

Zu neuen Ufern

Lyrik von Tanja Schard

Lyrik

ZU NEUEN UFERN - Feinsinnig und gefühlvoll
fängt Tanja Schard in diesem lyrischen Band
Stimmungen und Emotionen ein und trifft durch
gekonnte Pointen den Kopf mancher meist
geflissentlich übersehenen Nägel. Wer dachte,
Lyrik sei uninteressanter Schnee von gestern,
wird durch diese kleinen literarischen Juwelen
sanft - aber bestimmt - eines Besseren
belehrt.

ISBN 3-89811-282-9

♀ - 132 - ♂

Leseprobe aus „Zu neuen Ufern":

Sehnsucht

Möchte deine Seele riechen
ganz in deine Hände kriechen
horchen an den Träumen
keine Regung dort versäumen

Möchte deinen Atem schmecken
mich in deinen Armen recken
möchte spüren, wie es ist
wenn du wieder bei mir bist

Lebensgedanken:

Lyrik von Tanja Schard

Lyrik

LEBENSGEDANKEN - Auch in ihrem zweiten
Gedichtband schlägt Tanja Schard alle Saiten
ihrer lyrischen Laute an und zieht alle Register
ihrer pointierten Tiefgründigkeit. Sie verschont
uns nicht mit Wahrheiten und läßt doch allen
Raum zum Träumen und Hoffen. Wer sich
einmal in ihr Regenbogenland begibt, findet
mehr als nur einen Schatz. Mitreißende Lyrik
auf emotionalstem Niveau.

ISBN 3-8311-2269-5

♀ - 134 - ♂

Leseprobe aus „Lebensgedanken“:

Der Schmetterling

Schillernde Farben im Flug
luftiger Tanz der Freiheit
so nascht er am Nektarkrug
immer zum Abschied bereit

Die Blumen lieben diesen Gesell'
obwohl er von einer zur anderen tanzt
denn sie lernten sehr schnell
dass du ihn nicht halten kannst

Berührst du die Flügel so zart
verliert er Farbe und Glanz
und darin liegt verwahrt
das Geheimnis von seinem Tanz

Versuchst du zu erhaschen
was er an Schönheit verspricht
wird er auch an dir nur naschen
bleiben kann er nicht

N O T I Z E N
für ein anderes Leben:

_____

_____

_____

_____

_____

_____

_____

_____

_____

_____

_____

NOTIZEN
für ein anderes Leben:

_____

_____

_____

_____

_____

_____

_____

_____

_____

_____

_____

_____

NOTIZEN
für ein anderes Leben:

_____

_____

_____

_____

_____

_____

_____

_____

_____

_____

_____

NOTIZEN
für ein anderes Leben:

_____

_____

_____

_____

_____

_____

_____

_____

_____

_____

_____

NOTIZEN
für ein anderes Leben:

_____

_____

_____

_____

_____

_____

_____

_____

_____

_____

_____